UN

COUP D'ESSAI

PETIT CHANSONNIER NOUVEAU,

Par F.-C. GELLÉE.

A Paris,

Chez les Marchands de Nouveautés,

ET CHEZ L'AUTEUR,

A Montparnasse, rue du Théâtre, 5.

(BANLIEUE).

1842.

UN

COUP D'ESSAI,

[illegible]

Par F.-C. GELLÉE.

A Paris,

Chez les Marchands de Nouveautés,

ET CHEZ L'AUTEUR,

A Montparnasse, rue du Théâtre, 5.

[illegible]

1842.

PARIS. — IMPRIMERIE DE A. APPERT,
54, PASSAGE DU CAIRE.

UN MOT AU LECTEUR.

J'ai composé un assez grand nombre de Chansons, que l'on m'a plusieurs fois pressé de rendre publiques. J'ai résisté jusqu'à présent, et je ne cède même pas tout-à-fait, puisque je n'en donne qu'une très faible partie. Celles que je publie sont, conformément au titre de ce petit recueil, *un coup d'essai;* et, s'il réussit, je pourrai prochainement en publier d'autres. J'ai vu tomber de gros chansonniers qui n'étaient pas pourtant dépourvus de mérite; cela m'a rendu prudent. Qui sait si la légèreté du mien ne le préservera pas d'une chute ?

Je n'ai plus rien à dire de ce petit recueil, le public en jugera. J'appellerai seulement son attention sur *le Baron de Crassabas*, dont l'idée m'est venue en lisant le fameux *Marquis de Carabas* de Béranger. Il serait à souhaiter que les deux pièces fussent de notre célèbre poète national; mais on sera peut-être curieux de voir comment je me suis tiré d'une chanson que j'ai faite pour être le pendant de la sienne. Au reste, tout le monde doit penser que je n'ai nullement l'intention de provoquer une comparaison entre les deux auteurs : personne ne connaît mieux que moi l'immense intervalle qui les sépare.

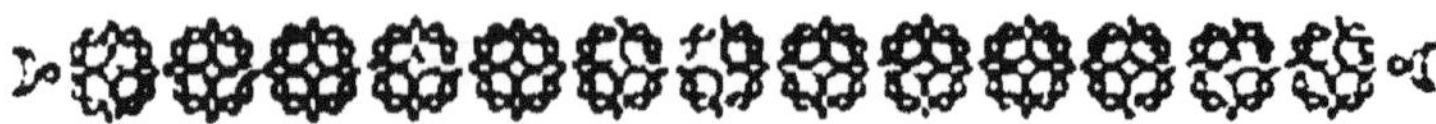

Le Père aux Écus.

AIR *de la Pipe de tabac.*

Certain barbon d'une grisette,
En vrai sot, devint amoureux.
Elle était gaillarde et bien faite,
Lui de travers et catarrheux.
Après tout, de notre donzelle
Il essuya peu de refus ;
Elle ne fut pas trop cruelle,
Car c'était un père aux écus.

Pour être aimé de sa maîtresse
Il fit toutes sortes d'efforts ;
Mais seulement par sa richesse
Il excita de feints transports.
Tant d'amour et tant de dépense
Devaient être enfin superflus :
La belle avec impatience
Supportait le père aux écus.

Elle ne vit point de remède
Qui convînt mieux à son tourment
Que d'appeler vite à son aide
Un jeune et vigoureux amant.
Elle en choisit un fait pour plaire,
Mais du nombre des moins cossus;
En tout point c'était le contraire
De notre bon père aux écus.

Bientôt, grâce à la différence,
La demoiselle eut un poupon,
Elle en vanta la ressemblance
Avec le crédule barbon.
Croyant bien voir sa géniture,
Le bonhomme a les sens émus......
Mais, par arrêt de la nature,
Il n'était qu'un père aux écus.

Sur l'acte même de naissance
Il signa, d'un air triomphant,
Qu'à la demoiselle Clémence
Il avait su faire un enfant.
Chacun, apprenant cette affaire,
Disait, en riant du Crésus :
« L'aurait-on jamais nommé père
« S'il n'était un père aux écus? »

Il eut soin d'épouser sa belle
Quand il se vit près de mourir.
De sa tendresse paternelle
Sa tombe instruira l'avenir.
Un neveu, qui ne l'aimait guères,
Y mit deux vers ainsi conçus :
« Oui, ce fut le meilleur des pères,
« Car c'était un père aux écus. »

Lise,

OU L'EMBARRAS DU CHOIX.

AIR : *J'ai vu partout dans mes voyages.*

A dix-sept ans l'aimable Lise
Éprouva le besoin d'aimer,
Jule et Paul étaient à sa guise,
Tous deux capables de charmer.
Lise, sentant qu'il n'est pas sage
D'avoir deux amants à la fois,
Se disait souvent : « Quel dommage
« D'être dans l'embarras du choix ! » } *bis.*

Le pauvre Jules, trop timide,
A peine osait parler d'amour,
Paul, en amoureux intrépide,
Fort vivement faisait sa cour.
Beaucoup de nos belles, je pense,
De l'équité suivant les lois,
Auraient su par leur complaisance
S'épargner l'embarras du choix.

Pendant que Lise délibère,
Paul vient la surprendre un beau soir,
Dans un lieu fait pour le mystère,
Où nul œil ne pouvait les voir.
Paul est pressant, Lise résiste....
Cent baisers étouffent sa voix....
Lise, on le voit sans que j'insiste,
N'est plus dans l'embarras du choix.

Pour mieux jouir de sa victoire.
Paul fut habile à s'en vanter.
Jules d'abord n'y veut point croire;
Bientôt il n'en peut plus douter.
Il court chez Lise, il lui rappelle
L'espoir qu'il conçut autrefois...
« Cher ami, lui répondit-elle,
« Que n'ai je l'embarras du choix ! »

Le courroux de Jules s'appaise....
Paul est haï... Jule est charmant....
Cela le mettait à son aise,
Il s'en tira passablement.
Après une extase amoureuse,
Lise lui dit : « Jules, tu vois,
« A quel point tu me rends heureuse !...
« Je n'ai plus l'embarras du choix. »

Cette histoire doit vous apprendre
Qu'il faut auprès d'une beauté,
Quoique d'un air soumis et tendre,
Agir avec témérité.
Si quelque galant la courtise,
N'allez pas, comme un bon bourgeois,
En commettant une sottise,
Lui laisser l'embarras du choix.

Mes Adieux à l'Amour.

AIR *à faire*, ou *Désormais je veux être sage.*

Le cœur tout percé de blessures
Faites par le cruel Amour,
Détestant ses affreux parjures,
Je comptais le fuir sans retour.
Mais il m'a fait voir une belle
Qui m'agite d'un doux effroi...
Le tyran, par les yeux d'Adèle,
Veut donc encor régner sur moi!

Déjà loin des jours du bel âge,
Quand le temps a flétri mon front,
Eh quoi! pour prix d'un tendre hommage,
J'essuierais peut-être un affront!...
Amour! je brise enfin tes chaînes,
Je deviens rebelle à ta loi;
Seul auteur de toutes mes peines,
Tu ne peux plus régner sur moi!

Hélas! au printemps de la vie,
Si j'avais part à tes faveurs,
La trahison, la jalousie,
M'ont souvent coûté bien des pleurs.
Aujourd'hui par l'indifférence
Je verrais couronner ma foi!...
Amour, je brave ta puissance,
Tu ne peux plus régner sur moi!

Adèle, ta voix argentine
N'a-t-elle pas frappé mon cœur?
Tu parais! ta bouche divine
Me fait admirer sa fraîcheur;
Ton regard me glace et m'enflamme,
Je tombe à genoux devant toi....
Amour, sois maître de mon ame,
Tu dois toujours régner sur moi!

O surprise! ô douleur extrême!
Ces beaux yeux dont j'étais épris,
Ces yeux qui me disaient: Je t'aime!
N'ont plus pour moi que du mépris.
Adèle est vaine, elle est coquette...
C'est à ses pieds que je le vois!...
Amour, je bénis ma défaite,
Tu ne peux plus régner sur moi!

La Comtesse de Fiergrâce,

OU LES TAMBOURS-MAJORS.

AIR : *Restez, restez, troupe jolie.*

J'aimai longtemps une baronne,
Vive, étourdie, et cætera ;
Mais nuit et jour cette friponne
Avec vingt galants me trompa. (*bis*)
Une comtesse, à mine altière,
Me parut être un vrai trésor ;
Sa démarche était aussi fière
Que celle d'un tambour-major. } *bis.*

Un soir, aux pieds de la comtesse,
Je prononçai le mot d'amour ;
Puis il me prit une faiblesse,
Je me crus à mon dernier jour.
Dieu ! quel regard ! Mon inhumaine
Me fait, je crois, trembler encor.
J'aurais été bien moins en peine
Sous les coups d'un tambour-major.

Pour adoucir cette disgrâce,
Je la conte à certain ami :
« Mon cher, madame de Fiergrâce
« Devait te maltraiter ainsi.
« Homme d'esprit, sensible, aimable,
« A ses yeux tu n'es qu'un butor ;
« Tu seras peut-être adorable
« Si tu deviens tambour-major.

« La comtesse, il faut être juste,
« N'a qu'un seul amant à la fois ;
« Mais le major le plus robuste
« A su toujours fixer son choix.
« D'ailleurs, quand la garnison change,
« Son cœur prend un nouvel essor :
« Une femme n'est pas un ange
« Pour aimer un tambour-major.

« Elle en est à son dix-neuvième,
« Et, d'après un calcul certain,
« A cinquante ans du quarantième
« Elle embellira le destin.
« Sur son tombeau je veux qu'on mette :
« *Sa vertu fit de grands efforts!...*
« *C'était une femme parfaite*
« *Très fidèle.... aux tambours-majors.* »

Les Aventures de Madeleine,

OU LES TROIS REFRAINS,

Histoire véritable,

PUBLIÉE POUR L'INSTRUCTION DES JEUNES FILLES.

AIR : *Partant pour la Syrie*

Au fond de la Touraine,
Le père Barbara
Disait à Madeleine :
« Le bon Dieu t'aidera.
« Pars, mon enfant, courage,
« Ton bonheur est certain :
« A la fois belle et sage,
« Tu feras ton chemin.

« Tu vas, par la voiture
« De notre messager,
« Sans crainte d'aventure,
« Doucement voyager.

« A l'ennui du voyage
« Oppose ce refrain :
« A la fois belle et sage,
« Je ferai mon chemin. »

Au bout d'une huitaine,
La fillette, à Paris,
De sa vieille marraine
Habite le taudis.
C'est au septième étage
Qu'elle chante sans fin :
« A la fois belle et sage,
« Je ferai mon chemin. »

Un courtaud de boutique
Brûle pour ses appas ;
Mais, en fille héroïque,
Elle se dit tout bas :
« J'ai pour le ravaudage
« Une excellente main ;
« A la fois belle et sage,
« Je ferai mon chemin. »

Plein d'un amour sans borne,
Son amant lui fit don
D'un beau peigne de corne
Et d'un châle en coton.

Après un tel hommage
Elle prit pour refrain :
« Une belle trop sage
« Ne fait pas son chemin. »

Plus tard, de Madeleine
Un tailleur amoureux,
Contre un tartan de laine
Eut le numéro deux.
Ensuite un bon ménage
Fut donné par Darmin :
Une belle trop sage
Ne fait pas son chemin.

Madeleine chez elle
En tout voulut briller ;
Plus d'une demoiselle
Y vint la conseiller.
Prenant cœur à l'ouvrage,
Elle enfle son butin :
Une belle trop sage
Ne fait pas son chemin.

Trop de travail épuise,
Et bientôt pour jamais,
Madeleine, surprise,
Perdit tous ses attraits.

En voyant son image
Elle répète en vain :
« Belle qui n'est pas sage
« Ne fait pas son chemin. »

De mille maux atteinte,
Elle a fini ses jours.
Une longue complainte
A flétri ses amours.
Passant par son village,
Je saisis ce refrain :
« Belle qui n'est pas sage
« Ne fait pas son chemin. »

Le Progrès des Lumières,

Chanson de Noce,

Pour le Mariage de M. Victor ***
et de Mlle Cyprienne ***

Air : *Mon père était pot.*

Jadis j'aurais fêté ce jour,
D'une voix douce et tendre,
Et sur le ton du dieu d'amour
Vous auriez pu m'entendre.
Mais présentement
Dans le sentiment
Je ne réussis guères.
Sans vous consulter,
Je m'en vais chanter
Le progrès des lumières.

D'ajuster un peu ce sujet
Avec la circonstance,
J'ai conçu, Messieurs, le projet,
Je vous le dis d'avance.
Cyprienne ici
M'aide, dieu merci,
De beaucoup de manières :
Je lis dans ses yeux
Qu'ils sont amoureux
Du progrès des lumières.

Dans ses yeux doux je lis encor
Qu'elle sera docile
Aux leçons de son cher Victor,
Que je crois homme habile.
Dès demain matin,
Ça paraît certain,
Sur d'occultes matières,
Elle aura senti
Le prix infini
Du progrès des lumières.

Le dieu d'hymen en approchant
Notre aimable novice,
Recevra, quel plaisir touchant!
Son premier sacrifice.

Mais ce pauvre dieu,
En bien plus d'un lieu,
A des succès contraires :
Pour quelle raison ?
Cela vient, dit-on,
Du progrès des lumières.

Auprès d'une jeune beauté,
Dans une nuit heureuse,
J'emprunte d'abord la clarté
D'une simple veilleuse.
Mais quand le sommeil
Du tendron vermeil
Abaisse les paupières,
Bien vite un flambeau
Me fait trouver beau
Le progrès des lumières.

Jeunes époux, depuis longtemps,
Vous brûlez l'un pour l'autre,
Toujours de plus en plus contents,
Quel bonheur est le vôtre !
Vous connaître mieux
Va croître les feux

De vos amours premières ;
Et, plus éclairés,
Vous applaudirez
Au progrès des lumières.

Je suis dedans.

AIR : *Ça n'se peut pas.*

Bon dieu ! que le sort m'est contraire ! !
Je ne vois rien me réussir ;
J'avais des fonds chez un notaire,
Et le drôle vient de s'enfuir.
Un de nos banquiers fait faillite,
Comme ont fait tant d'honnêtes gens ;
Pour mille écus m'en voilà quitte ! ! } *bis.*
Je suis dedans.

De certains auteurs à la mode
J'achète une collection,
Croyant y voir quelque méthode,
Du bon sens, de l'invention.
Mais dans ces livres qu'on admire
Les plus beaux endroits sont tout blancs, *
Oh ! pour le coup, je peux le dire :
Je suis dedans.

* On sait que dans la plupart des livres nouveaux le papier blanc n'est pas épargné.

Ayant besoin d'une ressource,
Je cours chez mon ami Maugras,
Qui tant de fois m'offrit sa bourse;
Je lui conte mon embarras.
« Il faut, me dit-il, que je sorte,
« Je suis fâché du contre-temps. »
Ensuite il me mit à la porte....,
Je suis dedans.

Qu'elle était donc bien faite, Élise!
J'admirais ses heureux contours.
Enfin je l'épouse... ô surprise!...
Que le coton m'a fait de tours!....
Ah! chien de corset dont j'enrage!
Encore elle a de fausses dents!
Ne pas me plaindre est le plus sage,
Je suis dedans.

Recherchant dans une amourette
Quelque allégeance à mes malheurs,
Je sus bientôt d'une grisette
Avoir les dernières faveurs.
En train de consommer l'affaire,
J'eus peur de certains accidents....
Mais, me dis-je aussitôt, qu'y faire?
Je suis dedans.

L'Apparence,

OU L'HEUREUX MARI.

AIR : *Vaudeville de l'Apothicaire.*

Je vois Corinne... à ses attraits
Mon cœur aussitôt rend les armes ;
Son esprit fin, par mille traits,
Ajoute à l'éclat de ses charmes.
Je l'épouse.... et sentant bientôt
Les glaces de l'indifférence,
Je me dis : « Ah ! je suis un sot,
« Je fus trompé par l'apparence. »

Sur l'espoir d'un destin plus doux,
Je fis la conquête d'Estelle,
Et, dupant un maussade époux,
Je sus triompher d'Arabelle.
Huit jours après de toutes deux
Déjà je fuyais la présence :
Oh ! quand j'en devins amoureux
Je fus trompé par l'apparence.

Tous mes meilleurs amis alors
Briguaient les faveurs de Corinne,
Qui, fidèle malgré mes torts,
Se défendait en héroïne.
Oui, ceux que j'ai le plus chéris
Abusaient de ma confiance:
Je fus, comme bien des maris,
Je fus trompé par l'apparence.

Voulant m'épargner des chagrins,
Ma femme n'osa rien me dire
Des tendres et galants desseins
Dont sa vertu se plut à rire.
Un méchant jaloux lui croyait
Pour d'autres quelque préférence:
Il me montra certain billet....
Je fus trompé par l'apparence.

Le fatal billet à la main,
Je vole près de mon épouse....
Mais de rire un éclat soudain
Arrête ma fureur jalouse.
Ma femme, avec beaucoup d'esprit,
Me démontra son innocence:
Ne jugeons rien sur un écrit,
Je fus trompé par l'apparence.

« Vraiment, me dis-je, mes amis
« Ont raison d'adorer Corinne ;
« Quels traits charmants ! quel coloris !
« Et puis quelle taille divine !
« J'ai pu mépriser tant d'appas !
« C'était une grande imprudence. »
Cependant, je n'en doute pas,
Je fus trompé par l'apparence.

Quel joli raccommodement
Mit un terme à notre rupture !
Plus que le plus heureux amant
Je fus heureux, je vous le jure.
Aux envieux de mon bonheur
Je dois de la reconnaissance :
Corinne m'aime, elle a mon cœur
Je me moque de l'apparence.

Sapho (*).

AIR : *Dis-moi, soldat, dis-moi, t'en souviens-tu?*

Tendre Sapho, dont la gloire si belle,
Du temps rapide a traversé les flots,
Des sons touchants de ta lyre immortelle
J'entends encor retentir les échos.

* Sapho, surnommée la dixième muse, cultiva les dispositions de plusieurs jeunes femmes pour la poésie, ce qui donna lieu d'accuser ses mœurs. Des envieux dépréciérent aussi ses ouvrages. Elle fut passionnément éprise de Phaon, qui méprisa ou trahit son amour, dont elle chercha la guérison en se précipitant du haut du promontoire de Leucade dans la mer. On croyait alors que les amants retrouvaient par là leur ancienne indifférence, s'ils avaient le bonheur d'échapper à la mort. Tout le monde sait que Sapho périt dans cette affreuse tentative. On a acquis, depuis vingt ans, la preuve qu'il y a eu deux Sapho, et l'on présume que la célèbre poétesse ne fut pas l'amante de Phaon.

Que de beautés s'inspirant par ton ame
Autour de toi forment d'heureux concerts !
Oui, dans leurs yeux je vois briller la flamme
Dont ton génie a coloré tes vers.

La Grèce entière applaudit tes merveilles....
Mais de l'Envie ont sifflé les serpents,
Et sur les fruits de tes sublimes veilles
Ils ont empreint leurs effroyables dents.
De l'amitié te faisant même un crime,
La Calomnie ajoute à leurs fureurs;
L'Amour, hélas ! te choisit pour victime.....
Ta gloire seule égale tes malheurs.

Cruel Phaon ! quoi ! la dixième muse,
Qui sut si bien t'embraser de ses feux,
A ta froideur en vain cherche une excuse;
Cruel Phaon ! daigne la tromper mieux.
Par tes mépris tu deviens homicide;
N'entends-tu pas la voix de l'avenir?
Elle dira : Phaon fut un perfide,
Sapho l'aimait, l'ingrat la fit périr.

Contre le mal, Sapho, qui te dévore,
Leucade t'offre un périlleux secours;
Là tu seras à ta dernière aurore,
Ou dans les eaux s'éteindront tes amours.

Grands dieux ! que vois-je? une foule tremblante
Contemple un roc suspendu dans les airs......
Sapho s'élance.... et sous l'onde écumante
Elle a trouvé le chemin des enfers.

La Fille de vingt-cinq ans.

Air : *Ah ! le bel oiseau, maman !*

Je n'y tiendrai pas longtemps ;
    Non, mon père,
    Non, ma mère ;
Je n'y tiendrai pas longtemps,
Songez que j'ai vingt-cinq ans.

Mes deux sœurs ont des maris,
Quoiqu'elles soient mes cadettes ;
Et de leurs poupons chéris
C'est moi qui fais les layettes !

Je n'y tiendrai pas longtemps ;
    Non, mon père,
    Non, ma mère ;
Je n'y tiendrai pas longtemps,
Songez que j'ai vingt-cinq ans.

Quand je berçais vos marmots,
Grâce à mon titre d'aînée,
Pour avoir des populos
Déjà je me sentais née.

Je n'y tiendrai pas longtemps;
    Non, mon père,
    Non, ma mère;
Je n'y tiendrai pas longtemps,
Songez que j'ai vingt-cinq ans.

Qui? moi, rester avec vous,
Pour soigner votre vieillesse!
J'ai trop besoin qu'un époux
Prenne soin de ma jeunesse.

Je n'y tiendrai pas longtemps;
    Non, mon père,
    Non, ma mère;
Je n'y tiendrai pas longtemps,
Songez que j'ai vingt-cinq ans.

Selon vous, que d'embarras
Résultent du mariage!
Mais, si vous en êtes las,
Qu'en pensiez-vous à mon âge?

Je n'y tiendrai pas longtemps ;
    Non, mon père,
    Non, ma mère ;
Je n'y tiendrai pas longtemps ;
Songez que j'ai vingt-cinq ans.

Aucun de mes amoureux
N'eut le bonheur de vous plaire ;
Cela n'est-il pas affreux ?
Tous auraient fait mon affaire.

Je n'y tiendrai pas longtemps ;
    Non, mon père,
    Non, ma mère ;
Je n'y tiendrai pas longtemps,
Songez que j'ai vingt-cinq ans.

On dira ce qu'on voudra :
Je vous jure, foi de fille,
Que le premier qui viendra
Entrera dans la famille.

Je n'y tiendrai pas longtemps ;
    Non, mon père,
    Non, ma mère ;
Je n'y tiendrai pas longtemps,
Songez que j'ai vingt-cinq ans.

Je n'y tiendrai pas longtemps;
    Non, mon père,
    Non, ma mère;
Je n'y tiendrai pas longtemps.
Songez que j'ai vingt-cinq ans.

Même sans votre agrément
Je serai femme, j'espère;
Ou bien je fais un amant,
Et deux, si c'est néessaire.

Les Beaux Jours,

Chanson de Noce,

ADRESSÉE A DE JEUNES ÉPOUX QUI SE MARIAIENT LE 15 DE MAI.

AIR : *Pour sujet d'une chansonnette.*

Jeunes amants qu'Hymen engage,
Vous allez goûter ses douceurs,
Quand la nature offre l'image
Du charme qu'éprouvent vos cœurs.
Les fleurs émaillant la verdure,
Les oiseaux chantant leurs amours,
Le zéphyr par son doux murmure;
Tout dit d'aimer dans les beaux jours. } *bis.*

Mais ce printemps, qui vient de naître,
Hélas! bientôt s'en va finir;
Et vous verrez l'aquilon maître
Des lieux où règne le zéphir.
Malgré l'hiver et sa froidure,
Et du sort les fâcheux retours,
Si votre flamme est toujours pure,
Jamais ne fuiront les beaux jours.

A LA MARIÉE.

Vous, qui des vertus et des grâces
Nous offrez l'assemblage heureux,
Vous devez fixer sur vos traces
La paix, les amours et les jeux.
Le souris d'une épouse sage
De tous nos maux suspend le cours,
Et dissipe aisément l'orage
Qui voudrait troubler nos beaux jours.

Aux douces lois de l'hyménée
Votre époux content d'obéir,
Sous cette chaîne fortunée
Ne trouvera que le plaisir.
Croyez qu'il est tendre et sincère;
Croyez qu'il le sera toujours,
Et que le bonheur de vous plaire
Va lui donner ses plus beaux jours.

Quand je te vois.

AIR *à faire.*

Quand je te vois, un gai sourire
Sur mes lèvres vient se placer;
Ma voix s'anime, et je soupire
Ton nom si doux à prononcer.
Oui, je le sens, oui, tout mon être
Aspire à s'élancer vers toi;
Tout semble fuir et disparaître
Quand je te voi.

Quand je te vois, plus de souffrance,
Plus de regrets, plus de douleur;
Mon cœur renaît à l'espérance;
Je goûte et rêve le bonheur.
Trop souvent l'absence cruelle
M'impose son affreuse loi;
Mais, mon dieu ! que la vie est belle
Quand je te voi !

Quand je te vois, le rideau sombre
Qui voilait tristement mes yeux,
S'enfuit rapide comme l'ombre
Devant un soleil radieux.
Toi seule occupes ma pensée,
Toi seule es présente pour moi ;
Et la plus belle est éclipsée
Quand je te voi.

Le Baron de Crassabas (*),

Scène d'une promenade aux Tuileries.

AIR : *Du bon roi Dagobert.*

Voyez ce gros banquier,
Longtemps je l'ai connu portier.
Par son air orgueilleux
Il vous a fait baisser les yeux.
Vite, sans façon,
Que votre menton
Aussi rende honneur
Au nouveau seigneur.
Saluez donc plus bas :
Gloire au baron de Crassabas !

* C'est *le Marquis de Carabas*, de Béranger, qui a fait naître l'idée du *Baron de Crassabas*. Les deux chansons se chantent sur le même air.

Regardez maintenant,
Il paraît moins impertinent,
Car vous avez flatté
Son impudente vanité.
Croyez qu'en effet,
Si le jeu vous plaît,
Cent autres saluts
Seront bien reçus.
Saluez donc plus bas :
Gloire au baron de Crassabas !

Au sortir de dîner,
Il vient ici se promener ;
Le voilà qui s'étend
Sur six chaises nonchalamment.
Puis à l'Opéra
Notre bouc ira,
Et, grâce à Plutus,
Il aura Vénus.
Saluez donc plus bas :
Gloire au baron de Crassabas !

S'il sait, pour tout savoir,
Distinguer le *doit* de l'*avoir*,
Dans ses livres Platon
Brille avec Homère et Milton.

En papier vélin,
Sous beau maroquin,
Que de grands auteurs
Sont là sans lecteurs!
Saluez donc plus bas:
Gloire au baron de Crassabas!

D'un grand ministre agent,
Qu'à la Bourse il rafle d'argent!
Télégraphe immortel,
Tu lui sembles tombé du ciel! *
Écrasé sous l'or,
Il en veut encor;
L'or sera toujours
Ses chères amours.
Saluez donc plus bas:
Gloire au baron de Crassabas!

Spéculateur sur tout,
Il ne se voit jamais à bout.
L'an passé, sur le lin,
Il eut cent mille écus de gain.

* Cette chanson fut faite à une époque où des personnages haut placés passaient pour s'être enrichis dans des jeux de Bourse, au moyen de la prompte connaissance qu'ils avaient des nouvelles politiques, et en les tenant quelque temps secrètes.

Ah ! si par malheur
Pour ce noble cœur
Nous avons du blé,
La vigne a manqué !
Saluez donc plus bas :
Gloire au baron de Crassabas !

A la ville, à la cour,
Son crédit s'accroît chaque jour ;
Ses gendres sont choisis
Dans les comtes et les marquis.
L'un vice-amiral,
L'autre général,
Des écus font voir
L'absolu pouvoir.
Saluez donc plus bas :
Gloire au baron de Crassabas !

Du bien de son pays,
Il se montra toujours épris ;
Aussi pour nos guerriers,
Jadis il fournit des souliers.
A gros intérêt,
Il nous fit un prêt,
Et c'est pour cela
Qu'on le *baronna*

Saluez donc plus bas :
Gloire au baron de Crassabas !

A le peindre en entier
Ne peut suffire un chansonnier ;
Pour quelque Juvénal *
C'est un ouvrage capital.
Adieu, cher baron ;
Puisse votre nom
Arriver fameux
Jusqu'à nos neveux !
Saluez donc plus bas :
Gloire au baron de Crassabas !

* Fameux poète latin, qui a fait une peinture affreuse des mœurs de l'ancienne Rome.

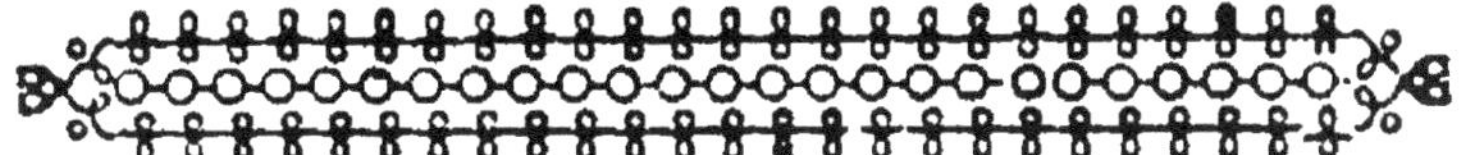

La Femme aimable,

OU LE BON CONSEIL.

AIR : *J'ai vu partout dans mes voyages.*

Pourquoi jamais d'un regard tendre
Ne favoriser ton époux ?
Sans doute il vaut moins qu'Alexandre,
A qui tu fais des yeux si doux.
Cependant, ton mari, ma chère,
Est un brave homme, il t'aime bien :
Traite-le donc de la manière
Dont j'ai toujours traité le mien. } *bis.*

Victor n'est-il pas adorable ?
Mon mari n'est qu'un innocent ;
Eh bien ! pour lui je suis aimable,
Et je l'étouffe en l'embrassant.

A ton époux tu dois complaire,
Pour ton bonheur et pour le sien :
Traite-le donc de la manière
Dont j'ai toujours traité le mien.

Je trouve dans ma complaisance
Un avantage précieux ;
Mon mari, plein de confiance,
Ne veut rien voir que par mes yeux.
Mais au tien tu romps en visière!. .
De l'éclairer c'est le moyen....
Traite-le donc de la manière
Dont j'ai toujours traité le mien.

Quand loin de l'objet que j'adore
Je forme des vœux impuissants,
De mon mari je tire encore
Ce qu'il faut pour tuer le temps.
De ton époux, à ma prière,
Pare de roses le lien :
Traite-le donc de la manière
Dont j'ai toujours traité le mien.

Quelquefois, ô bonheur extrême!
Par l'effet d'un trouble charmant,
Dans les bras de mon époux même,
Je crois posséder mon amant.

Pour ton mari deviens moins fière ;
Apprends que tu n'y perdras rien :
Traite-le donc de la manière
Dont j'ai toujours traité le mien.

Je sais qu'avant ton mariage
Dorval avait cueilli la fleur,
Dont on dit qu'une fille sage
Doit rendre un mari possesseur.
Que d'époux, sur cette matière,
Ont éprouvé le sort du tien !
Tu l'as traité de la manière
Dont aussi j'ai traité le mien.

Il est trop tard.

AIR : *Ca n'se peut pas.*

Pour obtenir certaine place ,
Roch se donnait du mouvement ;
Il se vantait plus que Paillasse (*)
D'être ami du gouvernement.
Mais un autre de ce beau zèle
Possédait aussi grande part ;
Et Roch un jour eut pour nouvelle, } *bis.*
Il est trop tard. }

Bélise a de la cinquantaine
Sur elle vingt certificats ,
Et cependant son cœur l'entraine
A des aveux bien délicats.

(*) Tout le monde connait la charmante chanson de Béranger.

Hier soir, voyant ma luronne
Me tenir maint propos gaillard,
Je lui dis : « Vous êtes trop bonne,
« Il est trop tard. »

Voulant au moins d'une novice
Se régaler avant sa mort,
Nicodème élève Clarisse,
Et s'apprête à lui faire un sort.
« A seize ans elle sera mûre ! »
Dit-il par fois, d'un air paillard.
Elle en a quinze, et, je le jure,
Il est trop tard.

Écrivains ultrà-romantiques,
N'osez-vous pas dire aujourd'hui
Que les livres de nos classiques
Sont pleins de sottise et d'ennui ?
Ainsi, messieurs, à vous en croire,
Vous êtes les maîtres de l'art :
Ne comptez pas sur cette gloire,
Il est trop tard.

Le Pouvoir des tempéraments,

Chanson de Noce,

FAITE POUR M***, A L'OCCASION DU MARIAGE DE SON FILS.

AIR : *Pégase est un cheval qui porte.*

En mettant mon fils en ménage,
Je voudrais, par un bon avis,
Éclairer un peu son jeune âge ;
Cela sans doute m'est permis.
Non pas pourtant que je prétende
Moraliser ici longtemps,
Car la circonstance commande
L'usage des tempéraments.

Mon dernier mot dit la morale
Que je vais prêcher en ce jour ;
C'est la pierre fondamentale
Du joli temple de l'Amour.

Pour chasser au loin les querelles,
Faire les raccommodements,
On doit toujours auprès des belles
Employer les tempéraments.

Dans les lois, dans la politique,
Les tempéraments sont connus ;
Et maintes fois la paix publique
Devient le prix de leurs vertus.
Ma science est bien peu profonde
Pour donner ces enseignements ;
Mais, croyez-moi, la fin du monde
Viendrait sans les tempéraments.

A toutes les sortes de gloire
Ils peuvent conduire à la fin ;
Et du trône et de la victoire
Ils savent frayer le chemin.
Citons, pour appuyer mon thème,
Le plus fort des gouvernements :
Du juste-milieu le système
Est celui des tempéraments.

Les parents de Blaise et ceux d'Anne
Ne se voyaient qu'avec horreur ;
Le noir démon de la chicane
Excitait encor leur fureur.

Le jeune homme et la jeune fille
Firent changer ces sentiments :
Le bonheur dans chaque famille
Revint par les tempéraments.

Tu comprends, mon fils, l'importance
De cet admirable moyen,
De l'hymen il fait l'excellence,
Et sans lui le reste n'est rien.
De beaux messieurs diraient, je gage,
Qu'ils ont eu des désagréments
Pour avoir dans le mariage
Négligé les tempéraments.

Gentille Aglaé, je m'adresse
A vous aussi bien qu'à mon fils;
Par la douceur et la tendresse
A vos lois rendez-le soumis.
Si jamais il devient volage,
Point d'humeur, point d'emportements;
Servez-vous, pour le rendre sage,
Du pouvoir des tempéraments.

La Mère Legras, née Bavardin.

Air *de Marianne.*

Monsieur Durand, c'est un martyre
D'habiter la chambre que j'ai ;
Renvoyez la jeune Palmyre,
Ou je viens vous donner congé.
Vous frémirez
Quand vous saurez
Ce qu'elle fait avec des camarades.
La Palmyre est
Tout le portrait
Du père André, mon vieux frère de lait.
Le fripon fit tant d'incartades,
Que maintenant il n'a plus rien,
Il dit que ceux qui sont sans bien
N'en sont pas plus malades.

Mais on excuse dans un homme
Des choses que l'on blâme en nous ;
Ce qui le prouve, c'est qu'à Rome
De grands prélats font de beaux coups.
A Frascati *,
Moi, j'ai servi
Une Espagnole et friponne et gentille,
Un cardinal
De Portugal
Ne l'eut, ma foi, qu'en se donnant du mal.
Je la suivis dans la Castille,
Je sais qu'elle y mourut de faim :
On finit par manger son gain
A toujours rester fille.

J'entrai plus tard chez Isabelle,
C'est là, je crois, un joli nom ;
Et votre Palmyre auprès d'elle
Eût passé pour une guenon.
Point de holà !
Palmyre n'a
Que de beaux yeux ; mais sa taille mal prise,
Et son cou noir
Font concevoir
Que telle qu'Ève il ne faut pas la voir.

* Ville à quatre lieues de Rome.

Fort souvent elle est en chemise,
En tout n'en possédant que deux;
Et dans son état c'est fâcheux
Quand on a la peau bise.

De chemises pourriez-vous croire
Qu'on se laisse manquer ainsi?
J'en ai trente dans mon armoire,
On peut les compter, Dieu merci.
J'ai quinze draps,
Mon cher Legras
A dans sa bière emporté le seizième.
J'ai vingt jupons,
Vingt bonnets ronds,
Beaucoup de bas avec quelques chaussons.
Cette robe est ma quatorzième,
Bien des belles n'en ont pas tant;
La femme du voisin Constant
N'en est qu'à sa douzième.

La Palmyre, un peu moins gourmande,
Aurait une chemise au dos;
Son amant fait la contrebande....
Dans cet état on gagne gros.
Je m'en mêlais
Avec succès

Sous l'empereur... Écoutez une histoire....
Quoi ! vous osez
Me rire au nez !
Pour une folle ainsi vous me prenez?
Monsieur refuse de me croire,
Sa Palmyre lui plaît donc bien ?...
Allez, vous êtes un vieux chien,
Une vieille mâchoire !

Je vais trouver le commissaire,
Et sur le fait dont il s'agit
Il m'écoutera, je l'espère,
Car on dit qu'il a de l'esprit.
Quand jusqu'au bout
Il saura tout,
Il en cuira sans doute à la Palmyre !
Quel agrément
Pour moi, vraiment,
Que de la voir un jour en jugement !
Oh ! parbleu ! vous avez beau rire,
Il faut qu'elle crève en prison....
Et moi, je quitte ta maison...
Adieu, vilain satyre !

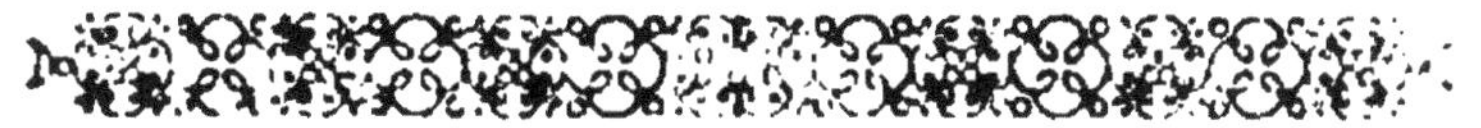

L'ami Gautier.

AIR : *Faut d' la vertu, pas trop n'en faut.*

Vive, vive l'ami Gautier ! } *Bis.*
Ce gaillard-là sait son métier.

Il peut l'exercer sans patente ;
C'est un métier p'ein d'agrément.
Ne croyez pas que je plaisante,
Il n'est qu'ami tout simplement.

Vive, vive l'ami Gautier !
Ce gaillard-là sait son métier.

Connaissez-vous quelque brave homme,
Jaloux d'avoir un ami chaud ?
S'il veut payer, fût-il à Rome,
Gautier va s'y rendre aussitôt.

Vive, vive l'ami Gautier !
Ce gaillard-là sait son métier.

Il a deux mille amis en France,
Mais les meilleurs sont à Paris;
Si des gens ont la préférence,
Ce sont surtout les bons maris.

Vive, vive l'ami Gautier !
Ce gaillard-là sait son métier.

Depuis que l'amitié m'engage,
Je vis aussi content qu'un roi :
Je suis plus heureux en ménage;
Pauline est plus tendre pour moi.

Vive, vive l'ami Gautier !
Ce gaillard-là sait son métier.

Long-temps ma femme fut stérile;
Aujourd'hui, comblant mon ardeur,
Les enfants viennent à la file :
Oui, Gautier m'a porté bonheur !

Vive, vive l'ami Gautier !
Ce gaillard-là sait son métier.

J'avais une charmante nièce;
Gautier chérissait ma Suzon.
Un matin, pour nous faire pièce,
Elle s'enfuit de la maison.

Vive, vive l'ami Gautier !
Ce gaillard-là sait son métier.

Pour mon cœur ce coup fut terrible,
Et toujours il m'en souviendra.
Gautier, sage autant que sensible,
Me disait : « Suzon reviendra. »

Vive, vive l'ami Gautier !
Ce gaillard-là sait son métier.

Hé bien ! de cet homme adorable
Admirez le fin jugement ;
Six mois plus tard notre coupable
Au cou me sautait tendrement.

Vive, vive l'ami Gautier !
Ce gaillard-là sait son métier.

Tout l'argent que j'économise,
Je le lui prête, au taux légal ;
Et Gautier, qui me favorise,
Joint l'intérêt au capital.

Vive, vive l'ami Gautier !
Ce gaillard-là sait son métier.

Il aime tout, banquiers, notaires,
Hommes de cour, prêtres, commis :
Même il a deux apothicaires
Dont il s'est fait deux grands amis.

Vive, vive l'ami Gautier !
Ce gaillard-là sait son métier.

Selon le rang et la naissance,
Sachant traiter son monde à point,
Pour les uns plein de révérence,
Il me caresse à coups de poing.

Vive, vive l'ami Gautier !
Ce gaillard-là sait son métier. } *Bis.*

Le Portier orgueilleux.

Air : *Je loge au quatrième étage.*

N'éparguant aucun ridicule,
Aujourd'hui c'est à mon portier
Que je fais sentir ma férule,
Et sers un plat de mon métier.
C'est le plus fier portier de France,
Malgré son visage aviné :
Puisqu'il fait l'homme d'importance,
Je prétends qu'il soit chansonné.

Pour moi surtout, dont la demeure
Me rend presque voisin des cieux,
Il a grand soin d'être, à toute heure,
Difficile et capricieux.
D'un juge rendant la justice
L'air est moins grave en vérité :
Je crois même que plus d'un suisse
N'a pas autant de dignité.

Comme je suis un pauvre diable,
Il ne me permet de sortir
Que si, du ton le plus aimable,
Je l'ai supplié de m'ouvrir.
Avec la formule vulgaire
Je ne produis aucun effet;
Même pour le propriétaire
Il n'obéit qu'au *s'il vous plait*.

A propos d'une faribole
Il cherche à trancher du docteur,
Et pour vous dire une parole
Prend le ton d'un prédicateur.
Assez souvent sur l'heure indue
Il me débite un beau sermon,
Après m'avoir fait, dans la rue,
Frapper vingt fois pour le cordon.

Pour lui le plus gros locataire
N'est qu'un *homme de sa maison*;
Il a dans son vocabulaire
De *monsieur* bâtonné le nom.
Consentez qu'un portier bavarde,
Qu'il soit menteur et curieux,
Pouvu que le bon Dieu vous garde
D'avoir un portier orgueilleux.

« Pourquoi, me direz-vous sans doute,
« Ne changez-vous pas de grenier ?
« Vous pouvez, sans qu'il vous en coûte
« Me planter là votre portier. »
C'est vrai, mais je dois vous apprendre
Que, pour remplir un doux emploi,
Sa fille, aussi belle que tendre,
La nuit vient me trouver chez moi.

Encore un coup.

Chanson de Noce.

POUR LE MARIAGE DE M. ***, M^d DE VIN, ET DE Mlle ADÈLE.

AIR : *Ça n'se peut pas.*

Que j'aime à voir femme jolie
Au comptoir d'un marchand de vin !
Le temps devant elle s'oublie,
Et de boire elle met en train.
Le buveur que la belle attire,
Pour mieux l'admirer boit beaucoup :
Deux beaux yeux savent si bien dire, } *Bis.*
Encore un coup. }

Assurément la mariée
Saura rappeler son buveur :
Frais minois, taille déliée
Retiendront plus d'un amateur.
Notre époux, dont l'œil étincelle,
De plaire se montrant jaloux,
Redira souvent près d'Adèle,
Encore un coup.

Messieurs, nous buvons à merveille,
Et peut-être, au sortir d'ici,
Le divin jus de la bouteille
Fera chanceler quelque ami.
Mais que le marié conserve
Bien la finesse de son goût,
Car en cachette on lui réserve...
Encore un coup.

A la fin de ma chansonnette,
De chacun me rendant l'écho,
Sachez, messieurs, que je projette
De vous arracher un bravo.
Je veux, dans mes rimes légères,
Boire au bonheur de nos époux :
Allons, messieurs, choquons nos verres, } *Bis.*
Encore un coup.

La Protectrice.

AIR : *Restez, restez, troupe jolie.*

Aux premiers jours de mon jeune âge,
N'écoutant que l'ambition,
D'une dame de haut parage
J'implorai la protection. *Bis.*
« Comptez sur moi, car je vous aime,
Me dit-elle avec un soupir ;
« Je veux vous enseigner moi-même } *Bis.*
« Le vrai moyen de parvenir. }

« Dans cette chambre passez vite,
« On va vous servir à dîner.
D'abord, un peu confus, j'hésite...
Et puis je me laisse entraîner.
Mets délicats couvrent la table,
Vins parfumés se font sentir...
Je commence à trouver aimable
Le vrai moyen de parvenir.

Vingt ans plus tôt ma protectrice
Avait encor de la beauté;
Aux jeux de l'amoureuse lice
On vantait son habileté.
Du temps pour réparer l'injure
L'art tâchait de la refleurir.
Aux femmes souvent il procure
Le vrai moyen de parvenir.

Pendant tout le dîner la dame
Me prodigua les compliments.
J'étais bien jeune... elle était femme...
Je sentis certains mouvements.
Vins exquis et chair excellente
Sur moi ne manquaient pas d'agir :
Dans mille cas cela présente
Le vrai moyen de parvenir.

Au dessert, ma Vénus antique,
L'œil en feu, me tint ce discours :
« Il est temps que je vous explique
« Comment on réussit toujours :
« Craignez surtout d'être sincère ;
« Rampez, flattez, sachez mentir ;
« Voilà, je le dis sans mystère,
« Le vrai moyen de parvenir.

« Allons, monsieur, que l'on m'embrasse...
« Mais n'ayez donc pas l'air d'un sot...
« Je connais une bonne place
« Où vous pouvez être bientôt.
« A mes leçons soyez docile;
« J'aurai soin de votre avenir,
« Si vous prenez, en homme habile,
« Le vrai moyen de parvenir,

« Votre ardeur est un peu trop vive...
(Le champagne faisait effet)
« De bien de plaisir on nous prive
« Lorsque l'on va trop vite au fait...
« Attendez que je vous conseille...
« Ne vous pressez pas de finir...
« Ah! le drôle entend à merveille
« Le vrai moyen de parvenir. »

Trois mois je vécus auprès d'elle,
Placé tout comme au premier jour;
Enfin, après une querelle,
Ailleurs j'allai faire ma cour. *Bis.*
Hé bien, grâce à ma gaucherie,
J'ai beau ramper, flatter, mentir;
Je n'ai pu trouver de ma vie } *Bis.*
Le vrai moyen de parvenir. }

7.

Aux Femmes.

Air : *Ah! que de chagrins dans la vie!*

Vous que le ciel forma pour plaire,
Dont le seul nom parle à mon cœur,
Ecoutez un ami sincère,
Trop zélé pour être flatteur.
C'est la raison qui me guide et m'inspire;
Me prodiguant aujourd'hui tous ses dons,
Elle a touché les cordes de ma lyre;
Prêtez l'oreille à ses leçons.

Vous avez dans votre partage
Et les grâces et la beauté;
Pour mieux mériter notre hommage,
Charmez encor par la bonté.
Que votre esprit ne soit pas sans culture;
Que les talents vous parent à leur tour :
Songez que l'art doit aider la nature
A fixer le vol de l'amour.

Puissantes par votre faiblesse,
Sans prétendre à dicter des lois,
D'une bienveillante sagesse
Sachez faire entendre la voix.
L'homme est en proie aux passions funestes
Qui sont hélas! ses plus cruels fléaux;
Mais vous pouvez, par vos vertus modestes,
Prévenir ou calmer ses maux.

Haine et mépris à la coquette!...
Mais plaire étant votre devoir,
De l'ingénieuse toilette
Ne négligez pas le pouvoir.
Fuyez pourtant tout excès condamnable;
Souvent un rien suffit pour embellir:
L'Amour, le Goût, couple à jamais aimable;
Aisément y font parvenir.

Pour ramener les infidèles,
Loin de vous les cris, les fureurs!
De peur de paraître moins belles,
Retenez quelquefois vos pleurs.
Que dans vos yeux soient la douce indulgence,
Le franc pardon, la tendre volupté;
A vos genoux, pleine de repentance,
Reviendra l'infidélité.

La nature vous donne un maître,
Gardez-vous bien de le braver;
Mais, pour vous, et pour lui peut-être,
Aspirez à le captiver.
Par vos vertus, votre adresse et vos charmes,
Vous obtiendrez le succès de vos vœux :
Régnez toujours en usant de ces armes,
Vous ne ferez que des heureux.

« L'homme, » direz-vous, « l'homme exige
« En nous tant de perfections;
« Et lui, le cruel! nous afflige
« Par cent coupables actions! »
Ah! croyez-moi, ne portez point envie
A son destin, qui vous semble si beau :
De faux plaisirs empoisonnent sa vie,
Et souvent creusent son tombeau.

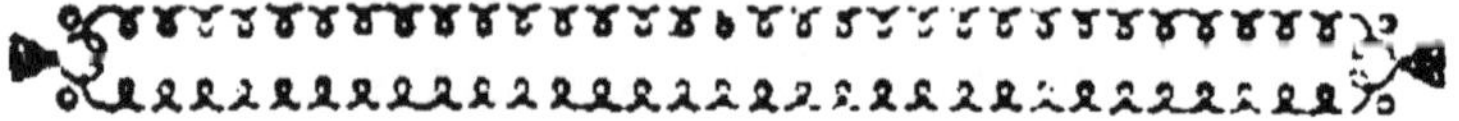

Le Temple du Plaisir,

Couplets chantés le Jeudi-Gras, 26 Février 1835, dans un banquet pour l'ouverture du nouvel établissement de M. Constant, Restaurateur, Barrière du Mont-Parnasse, aux Mille Colonnes.

Air : *En Allemagne, en Italie.*

Que vois-je sur le Mont-Parnasse !
Un édifice harmonieux,
Riche et d'une imposante masse,
Arrête un peuple curieux. *(bis)*
J'entre et parcours d'un œil avide
Ce qu'on vient en foule applaudir.
Partout le dieu du Goût préside :
Voici le temple du Plaisir. *(bis)*

Jeunes gens d'humeur agréable,
Et vous, sémillantes beautés ;
Amateurs d'une bonne table ;
Vous, de Bacchus enfants gâtés ;
Accourez tous, ici j'appelle
Les sages pressés de jouir :
Venez, venez, troupe immortelle,
Voici le temple du Plaisir.

Vous qui voulez, au sein des fêtes,
D'hymen allumer le flambeau,
Pour faire briller vos conquêtes
Trouverez-vous un lieu plus beau?
Amour! hymen! ô dieux propices!
Bientôt ces murs vont retentir
Des festins de vos sacrifices;
Voici le temple du Plaisir.

O toi qui d'une jouvencelle
Attends la plus douce faveur,
Je vais te montrer où ta belle
Pourra répondre à ton ardeur.
Dans ce cabinet solitaire
De son sein s'échappe un soupir....
Amants heureux, je dois me taire,
Voici le temple du Plaisir.

Guerriers, citoyens-militaires,
Vaillants défenseurs de la Loi,
Venez ici choquer vos verres
En portant la santé du Roi.
Pour vos banquets patriotiques
Ce monument semble s'ouvrir;
Loin d'ici les haines publiques!
Voici le temple du Plaisir.

Au pied de ce balcon magique,
D'où les yeux planent sur Paris,
Sous un noble et brillant portique
Je vois l'hôtesse, au doux souris.
Les fruits nombreux de l'abondance
Tout-à-coup viennent m'éblouir :
Entrez, messieurs, sans défiance,
Voici le temple du Plaisir.

Honneur à l'artiste estimable
Dont le compas ingénieux
A su de ce séjour aimable
Tracer le plan délicieux !
Des obstacles de la nature *
Les beautés paraissent jaillir....
Non, ce n'est point une imposture :
Voici le temple du Plaisir.

* Le terrain présentait des difficultés.

Qu'elle est jolie!

AIR : *Bouton de rose.*

Qu'elle est jolie
Celle dont j'ai touché le cœur!
Jaloux, qui me portez envie,
C'est seulement pour mon bonheur
« Qu'elle est jolie.

Qu'elle est jolie
Au sein d'un paisible sommeil!
Là, seul, j'admire ma Julie,
Et, seul, j'ai dit à son réveil,
« Qu'elle est jolie!

Qu'elle est jolie
Lorsqu'en un beau jour je la voi
Étonner la foule ravie,
Et qui murmure autour de moi,
« Qu'elle est jolie!

Qu'elle est jolie
Alors que je lui peins mes feux !
Puissé-je ainsi passer ma vie !
Je ne serai pas moins heureux
« Qu'elle est jolie.

Qu'elle est jolie
Quand elle joint sa douce voix
Aux sons de sa harpe chérie !
Pour l'œil et l'oreille à la fois
« Qu'elle est jolie !

Qu'elle est jolie
Livrant ses charmes à l'amour !
Ah ! par le plaisir embellie,
Tendre et modeste tour-à-tour,
« Qu'elle est jolie !

TABLE.

www.ingramcontent.com/pod-product-compliance
Ingram Content Group UK Ltd.
Pitfield, Milton Keynes, MK11 3LW, UK
UKHW020314220726
13923UKWH00003B/1150

9 782019 261375